Les éditions du soleil de minuit

3560, chemin du Beau-Site, St-Damien-de-Brandon (Québec) J0K 2E0

Monique Perreault

Sais-tu quoi ? Avec les enfants, j'adore improviser du théâtre, dénicher un crapaud sous une roche, lancer un cerf-volant dans le vent, faire un feu dans la neige et y griller des saucisses. Parfois, seule, j'aime aussi me retrouver devant le Saint-Laurent. Sa respiration fait surgir des rêves dans ma tête que je mets en histoires. Pour toi.

De la même auteure,
aux Éditions du soleil de minuit :

Collection **roman de l'aube**
Le dragon de Namie, illustré par Guylaine Labbé, 2005.

Guylaine Labbé

Je dessine depuis que je suis toute petite. Je suis maintenant la maman de trois beaux enfants, qui m'ont fait découvrir la beauté des contes et des histoires. C'est pour les faire rêver que je dessine aujourd'hui !

Ouvrages illustrés par Guylaine Labbé,
aux Éditions du soleil de minuit :

Collection **roman de l'aube**
Le dragon de Namie, de Monique Perreault, 2005.

Collection **Les amis de chez nous**
Meijan et Mei-Jan au Jardin de Chine, de Guy Dessureault, 2006.

Monique Perreault

Namie et le petit singe du Vietnam

Illustrations
Guylaine Labbé

Les éditions du soleil de minuit

Les éditions du soleil de minuit remercient

et la Société de développement des entreprises culturelles Québec

de l'aide accordée à leur programme de publication.

Les éditions du soleil de minuit bénéficient également du Programme de crédit d'impôt pour l'édition de livres – Gestion SODEC – du gouvernement du Québec.

Illustrations : Guylaine Labbé
Montage infographique : Atelier LézArt graphique
Révision linguistique : Lucie Michaud

Dépôt légal, 2006
Bibliothèque et Archives nationales du Québec
Bibliothèque nationale du Canada

Catalogage avant publication de Bibliothèque et Archives Canada

Perreault, Monique, 1939-

Namie et le petit singe du Vietnam

(Roman de l'aube)
Pour les jeunes de 8 ans et plus.

ISBN 2-922691-53-5

I. Labbé, Guylaine, 1973- . II. Titre. III. Collection.

PS8631.E77N35 2006 jC843'.6 C2006-941600-1
PS9631.E77N35 2006

À mes fils,
Michel, le fidèle ;
Alain, le délicat.
À l'amour de ma vie,
Paul

Chapitre 1

Un long voyage

Je m'appelle Namie. Namie Bui. Mon père était Vietnamien. Maintenant, il est Québécois comme ma mère. Moi? J'ai les cheveux et les yeux un peu étirés vers l'arrière, noirs, vietnamiens comme mon père, mais ma peau est blanche, québécoise comme ma mère.

Il y a vingt-sept heures, papa, maman, ma petite sœur Charlotte, grand-maman Madone et moi, nous sommes partis de chez nous, à Québec. Depuis, nous avons changé quatre fois d'avion. Bientôt, nous arriverons enfin au pays d'origine de mon père, le Vietnam. Pour voyager, je porte un

DEPARTS
DEPARTURES

teeshirt rayé noir et rouge et un pantalon noir attaché aux chevilles avec un dragon rouge brodé sur le bas d'une jambe. J'adore ce pantalon !

Mes parents ont choisi de partir en fin d'après-midi. Les agentes de bord sont gentilles. Elles nous remettent une douce couverture verte et un petit oreiller blanc. Nous avons donc dormi dans l'avion toute la nuit, ou presque. Le reste du temps, j'en ai colorié des cahiers et j'en ai lu des histoires à ma petite sœur ! Ce qui l'amuse le plus, c'est quand j'imite Quoc, le petit singe rigolo et boudeur de mes grands-parents paternels. J'exagère ses mimiques pour entendre les éclats de rire de ma sœur. Je pense qu'il va falloir la surveiller lorsqu'elle va rencontrer Quoc la première fois. Elle est bien capable de l'embrasser, ce que nos grands-parents ne tolèrent pas. Pour eux, le singe est un animal domestiqué, c'est tout. Dans leur pays, on ne donne jamais de nom aux animaux, encore moins des cajoleries.

L'avion commence à descendre. Tout excitées, mes mains se font aller autant que ma bouche. Je parle sans arrêt de mes grands-parents, de tante Dao, douze ans, et de mon cousin Phong, qui a presque mon âge, je crois. Est-ce que Dao va encore me prendre sur son dos ? Je suis grande maintenant. Par le hublot, je vois la terre et... apparait la ville de Saigon. Son nom officiel est *Hô Chi Minh-Ville*, mais les Vietnamiens disent encore Saigon. Ce mot me fait penser aux énormes dragons ondulés des fêtes vietnamiennes. Enfin, nous atterrissons.

Dans l'aéroport, on marche longtemps dans les corridors et on attend à la queue leu leu devant un comptoir des douanes. Derrière se tient un agent en costume militaire. Mes parents et grand-maman, chacun leur tour, lui présentent nos passeports. Le monsieur examine les papiers, puis la personne, et encore les papiers, puis la personne et encore… sans sourire, sans dire un petit mot. Puis il remet les carnets sans répondre à nos bonjours. Comme s'il était de glace. Je serre la main de maman. Après, nous déposons toutes nos affaires dans un plateau de plastique qu'on passe dans un petit couloir et nous, nous traversons une sorte de porte et une personne promène un appareil autour de notre corps. À la fin, nous reprenons nos choses et nous nous dirigeons vers le carrousel prendre nos valises.

Enfin, nous arrivons dans une partie de l'aéroport toute grande ouverte sur l'extérieur. Ouf! quelle chaleur! Serrée derrière des barrières, une foule attend les visiteurs. Une chance que papa a mis sa casquette rose fluo. Comme ça, sa famille le repère rapidement. Les grandes embrassades, les gentilles petites tapes dans le dos. Tous les visages sourient comme un soleil en fête. Dao, ma chère petite tante, s'empresse vers moi, me prend les mains et me dit bonjour en français. Moi, je lui réponds en vietnamien : *chào*. Nous rions beaucoup. Elle me serre longtemps dans ses bras. Mes grands-parents s'approchent de moi et me saluent dans un français appliqué : « Bonjour, Namie ! » Ils trouvent que j'ai grandi. Grand-mère m'embrasse. Moi, je lui fais un gros bisou et grand-père souriant me frotte doucement le derrière de la tête et le dos. Charlotte s'est réfugiée dans les bras de papa.

ARRIVÉES
ARRIVALS

Évidemment, Quoc n'est pas venu à l'aéroport.

Tout le monde s'entasse dans une fourgonnette. Nous traversons Saigon aux sons des klaxons. Dans les rues, il y a plein de gens à pied, à bicyclette, mais surtout en moto. On voit aussi des cyclopousses, ces gros tricycles munis d'un siège fixé en avant dans lequel deux personnes peuvent s'assoir. Ensuite, nous filons sur une route bordée de maisons décolorées, d'arbres en fleurs et de champs de riz.

Après avoir roulé longtemps, nous nous arrêtons sur le côté du chemin pour piqueniquer. Des paniers en bambou débordent de nourriture. Un sac en filet est gonflé de fruits frais. Je remarque un jeune coco vert. Je raffole de manger l'intérieur tendre de ce fruit. Grand-maman Madone est servie en premier. Mes deux grands-mères se rencontrent pour la première fois, mais je sens qu'elles vont bien s'entendre. Tout le monde nous parle. Même si nous ne nous comprenons pas, nous avons beaucoup de plaisir ensemble. Mon jeune cousin Phong sort une toupie de sa poche et la fait tourner dans sa main pour amuser ma sœur. Elle est fascinée.

Nous reprenons la route. L'animation joyeuse continue. Assise près de ma grand-mère Bui, je la regarde. J'aime ses petits yeux rieurs. Mais toute l'agitation ne m'empêche pas de m'endormir. Je suis si fatiguée, si fatiguée... Grand-mère Bui me fait coucher sur ses genoux et je m'endors.

En arrivant à la maison, les amis, la parenté et tout le village sont là pour nous accueillir. Mais

moi, je veux voir Quoc, voilà ce qui m'intéresse. En cachette, je demande à Dao : « Quoc ? Quoc ? » Elle se souvient du nom que j'ai donné à leur singe lors de ma dernière visite et elle m'amène dans la cour arrière. Elle me le montre du doigt en train de manger des pousses de bambou et me laisse en me disant : « Je vais aider à servir les invités. » C'est à peu près ce que je comprends.

Dérangé, Quoc s'assoit sur son derrière et me dévisage d'un air indépendant et interrogateur. Il ne me reconnait pas. C'est normal, ça fait trois ans que l'on ne s'est pas vus. Il parait vieux. Sa fourrure brun roux avec du blanc à la gorge et au ventre n'a pas été lavée depuis longtemps. Dans sa petite face sans poil, lisse et rosée, deux yeux ronds restent fixés sur moi. Le nez aplati, la bouche mince et avancée, il a l'air pensif et curieux en même temps. Comme s'il me demandait : «Qui c'est, toi? Une amie de Dao? Tu me veux quoi?» C'est gênant. Je reste à distance. «Quoc! C'est Namie! Tu m'as oubliée?» Rien n'y fait.

Alors, nous jouons à son jeu favori : le mime. Je m'assieds comme lui, les genoux remontés, les mains près de la bouche et je bouge mes lèvres. Pas de réaction. Après un long moment, je me cache les yeux avec mes mains et je le regarde entre mes doigts écartés. Ça y est! Quelque chose s'allume dans son regard. Mais il ne bouge pas. Papa vient me chercher : «Viens, Namie. Viens saluer les gens. Ils veulent te voir!» Et il m'entraine avec lui.

Chapitre 2

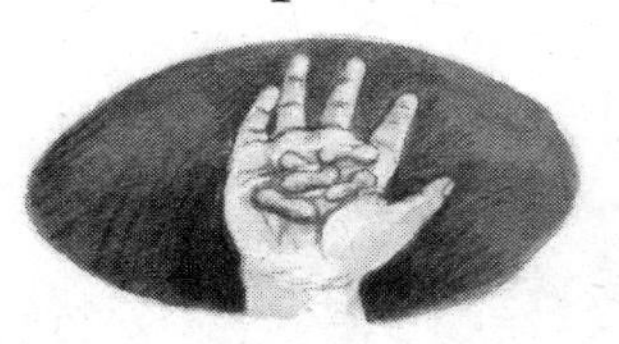

L'ami retrouvé

Le lendemain, papa lave le singe avec un shampooing désinfectant. Il m'a affirmé que même si l'animal passe son temps à faire sa toilette, à s'épouiller et à se curer les dents, il peut transmettre des maladies si on ne prend pas de précautions. Maintenant, son poil roux brille. Il a l'air d'avoir rajeuni.

Après quelques jours, Quoc est redevenu comme avant. Je n'ai qu'à lui présenter ma main, il saute sur ses pattes et la prend avec ses longs doigts. Il me suit partout. Il a même développé une patience d'ange avec ma petite sœur.

Pourtant, à la première rencontre, quelle pagaille ! Un vrai beau gâchis ! Ma sœur s'est précipitée dessus, sans que j'aie eu le temps de réagir. Elle lui a tiré la queue comme elle le fait avec son chat. Brusquement, il lui a lancé des chaw ! chaw !... terrifiants et s'est échappé rapidement. Ma pauvre sœurette s'est jetée dans mes bras avec des cris d'épouvante. Je ne l'ai pas chicanée. Mais... j'en avais grande envie. Charlotte est allée se coller à maman et Quoc, grimpé dans un arbre, a boudé le reste de la journée.

Petit à petit, il a repris son assurance. Ma sœur, elle, ne voulait plus le voir. Pour les aider à s'apprivoiser, je les prenais par la main, chacun de leur côté, et nous faisions une longue promenade. Chaque jour, le petit singe s'approchait un peu plus de Charlotte. Un matin, il est venu en face d'elle et l'a fixée de son air savant. Penchant la tête à gauche, à droite, il plissait le nez avec l'air de dire : « Tu es calme, la petite, aujourd'hui ? Pas question de me sauter dessus ? » Devant cette mimique si amusante, Charlotte s'est mise à battre des mains en riant et lançant : « Ouoc! Ouoc! » Puis elle a pris ma main et elle s'est approchée. Elle a finalement flatté l'animal. Un peu rudement peut-être, mais sans tirer sa queue. Quoc me jetait des coups d'œil vifs. Question de se sécuriser.

Maintenant, il accepte même qu'elle l'habille avec son pyjama. Puis il fait le fou, se roule sur le sol en piaillant. Mais pas longtemps. Maman m'explique que c'est naturel, car, en trois ans, Quoc a vieilli beaucoup plus que moi.

Mais il est encore capable de faire son travail de singe : grimper dans les longs cocotiers et jeter les noix de coco en bas. Il obéit quand ses maitres lui ordonnent de descendre. On va ramasser les noix seulement une fois que Quoc est revenu. Les lèvres pincées, il plisse son front et vérifie de ses yeux si ses maitres sont satisfaits.

Chapitre 3

Mystérieuse disparition

Cet après-midi, papa nous amène, grand-maman Madone et moi, à Xuân Lôc*. J'ai la permission d'amener Quoc.

Nous visitons cette ville. Au bout d'une allée bordée d'hibiscus en fleurs, nous apercevons un petit temple bouddhiste. Il se dresse en plein milieu d'un lagon entouré d'un muret de pierres. Ce muret se termine à l'escalier du temple.

— Qu'il est drôle ce temple ! On croirait qu'il a poussé dans l'eau.

* prononcer : « Souan Loc »

— Ici, on bâtit souvent des maisons sur des pattes. On appelle ça des pilotis. Ils empêchent l'humidité des marécages d'entrer dans les maisons, m'explique papa.

Nous nous garons et descendons de la voiture. Quand nous voulons traverser le passage du muret, Quoc s'agite, se gratte et renifle. Les singes ont peur de l'eau. Papa et moi, nous nous éloignons avec lui et laissons grand-maman gravir seule les marches du temple.

Pendant ce temps, papa voit arriver une connaissance et ils se mettent à converser ensemble. Mon ami, calmé, s'assoit par terre et explore le sol. Il ramasse des graines, des feuilles et des fleurs. Il les examine, les sent et y goute parfois. Comme il est bien occupé, je m'approche du petit mur de pierres, m'y agrippe et, sur la pointe des pieds, je me penche par dessus. L'eau est jonchée de feuilles rondes et des fleurs blanches au cœur rosé parfument l'air. Soudain, un majestueux « croâââ » attire mon attention. Sur une feuille, une grenouille verte est bien assise sur ses cuisses. Toute gonflée, la tête dans les épaules, elle roule ses gros yeux vers moi. Si je la regarde, vite, elle se détourne. Comme c'est curieux ! Elle est timide ou quoi ? Je baisse la tête et la relève rapidement.

Encore, je la surprends à me fixer et aussitôt, elle ferme les yeux.

Je m'amuse ainsi jusqu'à ce qu'un appel de mon père me fasse sursauter. J'accours. Malheur! mon petit singe a disparu. Papa le croyait avec moi. Nous cherchons partout. J'appelle «Quooooc!» à grands cris.

— Du calme, Namie! Nous allons le trouver. Il ne peut pas être bien loin.

Grand-maman arrive, empressée.

— Qu'est-ce qui se passe, pour l'amour?

Après un long temps de recherches, tristes et inquiets tous les trois, nous abandonnons.

— Il faut rentrer. La noirceur descend vite ici. Ne pleure pas, Namie. Ma famille ne fera pas de drame pour un singe. Ici, on ne prend pas les animaux pour des personnes.

De rage, je donne un coup de pied à un caillou et lance d'une voix furieuse :
— Je sais, ils nous ont servi de la viande de chien à notre arrivée, puis ils appellent leur singe « singe » ou « macaque ». Ce n'est pas gentil.

— Le Vietnam possède sa propre culture, Namie. Et puis, viande de chien ou viande de bœuf, quelle différence ? reprend grand-maman Madone en entourant mes épaules de son bras.

— Et jamais nous ne mangeons notre animal domestique. Nous achetons la viande de chien au marché, m'explique papa.

Ces paroles adoucissent un peu ma révolte. Nous rentrons à la maison. Aussitôt, je vais confier mon chagrin à maman. « Ce n'est pas vrai ? » me dit-elle avec un air désolé. Puis elle m'écoute. À la fin, elle essaie de me rassurer : « Peut-être qu'il veut vagabonder librement. Ou bien, faire un petit voyage lui aussi. Qui sait ? » Grand-mère Bui apporte les plats sur la table. Elle a tout deviné et m'encourage : « Le singe connait le chemin de la maison, il reviendra. » Maman me traduit les paroles de grand-mère. Je n'ose pas pleurer. Pour la famille de papa, je suis grande maintenant. Et quand on est grande, on ne pleure plus. Surtout pas pour des animaux ! Aussi, j'ai promis à mes parents de ne pas pleurnicher et de ne pas faire de colères pour rien durant notre voyage.

Chapitre 4

En secret

Qu'est-ce que je vais faire ici sans Quoc ? Grand-maman Madone, une tasse de thé à la main, m'amène à sa chambre. Elle connait mon gros chagrin. Elle s'assoit sur le bord du lit et boit à petites gorgées en silence. Je me calme et pense à ce que m'a dit grand-mère Bui.

— Crois-tu, grand-maman, qu'un singe peut revenir tout seul à sa maison ?

— Comme un chien ou un chat ? Peut-être.

— Alors, il sera revenu demain matin ?

— Ou plus tard, à ce que dit ta grand-mère.

Elle poursuit :

— Nous ne pouvons rien faire de plus ce soir, ma chérie. Demain, nous verrons bien. Une bonne nuit de sommeil nous reposera et nous inspirera des idées fraiches.

Pour finir, elle se lève, dépose sa tasse et me dit :

— Six mois d'apprentissage de la langue vietnamienne au Québec, c'est bien peu. Les gens sourient gentiment, mais ils ne me comprennent pas. Ma pauvre tête n'en peut plus d'entendre des *wang, that, wong, phuoc*…. et ti ti et ta ta.

— Grand-maman!…

Nous rions. Cette nuit-là, je dors avec elle. Une chance que mes parents ont amené grand-maman avec nous. Elle n'est pas occupée et je peux toujours lui parler.

À mon réveil, grand-maman coiffe ses cheveux. Je saute au bas du lit en vitesse et m'apprête à descendre quand elle me ralentit :

— Namie, nous l'avons cherché. Il n'est pas revenu. Aujourd'hui, je vais à la ville avec ta grand-mère Bui et je me rendrai au petit temple. Peut-être que Quoc attend dans les alentours. Et toi, que feras-tu ?

— Papa veut m'amener avec grand-père à la pêche, mais ça ne me tente pas. J'aimerais aller avec toi.

— J'irai seule. C'est mieux ainsi. La famille ne doit pas se douter de mes recherches. On connait la mentalité des Vietnamiens pour les animaux. Toi, n'en dis pas un mot. D'accord ?

— Promis. Maintenant, je vais rejoindre les autres pour déjeuner.

Chapitre 5

Le Mékong

Dao me sert une orange à pelure verte disposée comme une fleur sur sa feuille. Mmmm ! qu'elle est bonne ! Puis je mange du riz et du poisson. Pour boire, on me donne un succulent lait de coco. Je n'ai pas terminé quand papa me crie :

— Tu viens, Namie ?

— J'arrive.

Maman me demande :

— As-tu mis ta crème solaire ? Ton chapeau ?

— La crème, oui. Où est le chapeau ?

Dao me le présente.

Le chapeau de paille pointu à la main, je sors et je saute sur la banquette arrière de la fourgonnette, avec mon petit cousin Phong. Grand-père et lui rient de moi quand je porte ce chapeau, mais je ris avec eux.

Nous roulons dans la campagne verte avant d'arriver à un petit port de pêche voilé par la brume. Des senteurs de fiente d'oiseaux et de débris de poissons se mêlent dans l'air marin. Des barques à moteur s'avancent déjà sur l'eau comme des fantômes blancs. Les hommes parlent haut et rient fort. Papa les connait presque tous. Quand tout est prêt, nous embarquons dans notre bateau brun et jaune. Je m'installe à côté de Phong sur le toit du bateau.

Nous allons droit devant nous, déchirant la brume. Mon cousin et moi, nous faisons semblant d'en prendre des poignées. Plus nous avançons, plus la brume s'épaissit. Il faut ralentir, presque s'arrêter. Nous entendons les bruits d'autres embarcations, mais nous ne les voyons pas. Après un long temps, le soleil prend le dessus et chasse le brouillard. Grand-père me touche l'épaule et me montre l'immense mer : « Mékong, Mékong ! » répète-t-il. « C'est un fleuve, reprend mon père. Au Canada, nous avons le Saint-Laurent, ici nous avons le Mékong. »

Il est presque midi quand les hommes s'arrêtent. De petites bouées rouges flottent à la surface de l'eau pour indiquer où sont les cages à crevettes. Les hommes les tirent. Phong et moi apportons des bacs de plastique blanc pour y verser les crevettes. À la fin, il y en a trois qui sont presque pleins. J'aide mon cousin à empiler les cages vides à l'arrière.

Quand ce travail est terminé, nous nous installons vers l'avant du bateau, à l'abri du soleil, pour diner. Phong apporte le panier à pique-nique. Nous mangeons des rouleaux aux légumes et au porc et du riz collant que l'on prend avec nos doigts. Ensuite, les adultes préparent des mangues. J'aime les regarder faire. Ils les tranchent en deux le long du noyau et, avec la pointe du couteau, ils coupent seulement la chair du fruit en lignes diagonales dans les deux sens. Puis ils poussent sur le côté pelure, et la partie chair se bombe en petits losanges jaunes. Ainsi, il est facile de les manger. Miam-miam! comme elles sont délicieuses, ces mangues...

Le repas terminé, j'observe les hommes. Ils inspectent chaque cage à crevettes. Elles sont faites de bambou. Si l'une est brisée, on la change pour une autre en bonne condition.

Ils mettent, dans chacune d'elle, de la chair de poisson comme appât avant de la remettre à l'eau. Je les regarde un moment avant d'aller rejoindre mon cousin. Il profite de ce que papa travaille avec grand-père pour s'amuser avec moi. Ici, les enfants ont toujours une toupie dans leur poche. Ainsi, il n'y a jamais d'ennui. C'est une toupie fabriquée avec un canif dans un morceau de bois. Pour la faire tourner, on commence par l'enrouler dans une corde à partir de sa pointe jusqu'à sa partie la plus grande. Puis d'une main, on la tient entre nos doigts et de l'autre on tire la corde d'un mouvement fort et sec. La toupie tourne entre nos doigts et en même temps on la jette sur le plancher.

Il faut faire vite ! Celle qui tourne le plus longtemps est la gagnante.

«On part, les enfants!» crie déjà mon père, une perche dans les mains. Nous sautons sur nos pieds et, le visage dans le vent, nous voyons l'embarcation dessiner un petit cercle avant de s'en aller droit en avant. Plus tard, je m'assois dans le fond du bateau et je m'endors en pensant à Quoc.

Chapitre 6

Deux grands-mères complices

Je me souviens à peine d'avoir été transférée du bateau à la fourgonnette. Phong me touche l'épaule en m'appelant : « Namie… Namie… » Nous sommes arrivés.

En entrant dans la maison, je demande à grand-maman Madone :

— Puis ?

— Rien.

Grand-mère Bui a tout deviné. Elle me fait un clin d'œil en tapotant mon bras et me dit : « Ne t'inquiète pas, Namie. » C'est ce que je comprends. Je lui souris.

Mes deux grands-mères sont occupées à préparer le repas. Je les observe. Elles se parlent autant par gestes que par mots, mais plus que d'habitude.

Le soir venu, grand-maman Madone me fait un petit signe de la suivre dans sa chambre.

— Et toi ? me demande-t-elle en enlevant le gros peigne dans ses cheveux gris.

Sans entrain, je lui raconte ma journée sur la mer. L'enthousiasme n'y est pas. Grand-maman m'encourage avec ses yeux agrandis d'émerveillement. À la fin, elle m'assure :

— Nous allons le trouver ton Quoc, ma petite.

Elle tourne en rond, cherche sa jaquette et répète sur un ton mystérieux :

— Nous allons le trouver, je te le dis.

— Quel éclair de génie t'as dans la tête, grand-maman ?

— Ah ?... Les efforts de deux grands-mères peuvent réussir l'impossible pour leur petite-fille.

En peu de temps, nous sommes au lit. Je me sens mieux. J'ai l'impression d'être encore bercée dans les bras de la grande mer.

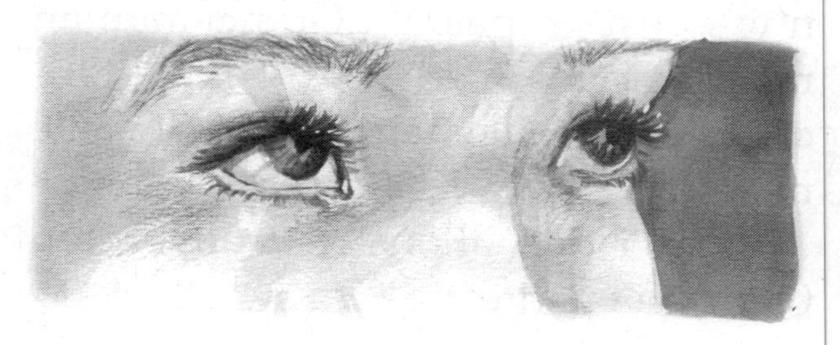

Chapitre 7

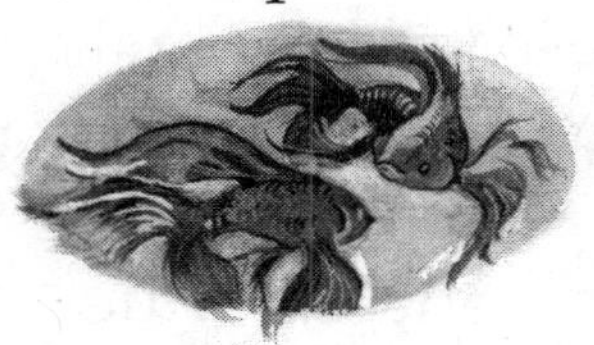

Petits poissons batailleurs

— Hé ! hé ! Namie, notre travail de recherche commence aujourd'hui.

C'est ainsi que je suis réveillée par ma grand-maman Madone. Elle m'explique :

— Aujourd'hui, c'est jour de marché à Xuân Lôc. Après le déjeuner, j'aiderai ta maman au ménage, car toute la famille Bui est partie vendre les produits au marché. Ton père reviendra bientôt et nous repartirons avec lui. Je lui ai dit que j'avais besoin de me reposer. Il va donc nous laisser à un petit hôtel près du temple de Xuân Lôc et nous irons chercher à nouveau.

Je descends. Maman a préparé un mélange d'œufs et de riz pour mon déjeuner. Après, j'amène Charlotte dehors. La cour est vide sans notre cher singe. Je vois les petits voisins autour d'une mare d'eau. Nous courons les rejoindre. Ils s'amusent à faire se chicaner de petits poissons batailleurs. Je n'aime pas quand le plus faible meurt. Alors, quand j'en vois un faiblir, je lance le plus fort à l'autre bout de la mare. Les garçons ne sont pas contents. Ils me crient de vilaines choses. Je le sais parce que papa ne veut pas que je répète ces mots-là. À la fin, c'est nous qui nous chicanons. Je m'en vais avec ma sœur. L'envie de quelque chose de beau me vient. Alors, je cueille un gros bouquet d'hibiscus rouges.

Quand papa revient, nous sommes prêtes depuis longtemps.

Grand-maman a un air décidé avec ses cheveux attachés en arrière, qu'elle remonte ensuite et retient par un large peigne-pince. Elle a mis son ensemble de tissu léger, pantalon et chemisier, rayé à la verticale dans des teintes de beige et marine.

Nous dinons et nous quittons la maison en y laissant maman et Charlotte. Papa nous conduit à un petit hôtel. Nous y déposons nos bagages et filons vers le temple. Dès qu'elle le voit, grand-maman veut y entrer. J'insiste :

— Non... faisons le tour du lagon tout de suite.

— Un temple, Namie, est un lieu de paix quelles que soient nos croyances. J'y puise de la force. Ce ne sera pas long, promis. Viens.

Je ne comprends pas, mais je la suis. Une fumée blanchâtre flotte devant la statue d'un bouddha bien gras entouré de fruits.

L'odeur d'encens me prend au nez. Des gens invoquent ce maitre. Ils joignent les mains, s'inclinent devant lui à plusieurs reprises, allument des baguettes d'encens et repartent à petits pas pressés. Une atmosphère de calme nous enveloppe.

En sortant, nous cherchons aux alentours du lagon. Pas de Quoc.

Assise sur un banc, grand-maman m'invite :

— Viens, Namie, je vais t'expliquer la deuxième étape. Ta grand-mère Bui m'a dit qu'il y avait un marchand d'animaux domestiqués au marché. Maintenant, nous le savons, ton singe n'est pas ici. Alors, nous irons au marché. Il a pu être volé pour être vendu.

— Hein ! volé ?

— Mais oui, il y a des voleurs dans tous les pays, ma chère enfant.

Chapitre 8

Au marché de Xuân Lôc

Après une longue marche, nous arrivons enfin au marché ; c'est une grande bâtisse ouverte, seulement un toit, à vrai dire. Des gens à pied, à vélo, en moto ou en voiture se pressent dans un va-et-vient continuel. À l'intérieur, vendeurs et acheteurs discutent. On tire des chariots grinçants chargés de marchandises. Attachés aux pattes des tables, des canards ou des poules caquètent fort comme s'ils discutaillaient. Des fruits montés en pyramide ou déjà préparés pour être mangés nous attirent par leur odeur.

Plus loin, nous admirons des poissons colorés dans un bassin d'eau.

Il y a des crevettes et de petits crabes gris, des poissons ventrus et des tas d'autres bestioles de mer. On ne voit pas des quantités énormes de produits comme dans nos supermarchés, mais ici, tout est frais.

La senteur forte de coriandre annonce les fines herbes et les légumes. En effet, nous arrivons à des tables débordantes de racines de gingembre, de pommes de terre sucrées, de longs radis blancs, de riz, de manioc, de laitue et d'autres variétés de légumes. Curieuse, grand-maman en prend dans ses mains, les sent et se demande bien comment on les cuisine.

Quatre à cinq tables plus loin, nous rejoignons la famille de mon père. Ils pourront nous orienter vers l'endroit où se vendent les animaux. Dao, la vendeuse, s'occupe d'un client qui achète des crevettes et des champignons noirs séchés. Grand-mère Bui, installée à la même table, tient un grand couteau d'une main et de l'autre éloigne les mouches bleues qui virevoltent au-dessus de ses morceaux de porc frais. En nous apercevant, elle s'arrête, les yeux agrandis en points d'interrogation. Elle ne nous attendait pas ici. Mais grand-maman Madone ne remarque rien et chasse les mouches avec sa carte géographique. Pendant ce temps, grand-mère Bui essaie de nous dire quelque chose en gesticulant. Puis, elle crie à un jeune homme quelques tables plus loin. Il accourt. Elle lui parle. Il se tourne vers nous et nous explique :

— Madame Bui vous dit que le marchand d'animaux n'est pas ici. Il est au marché de Saigon.

Grand-maman Madone s'arrête net, l'air surpris et déconcerté. Son regard va de grand-mère Bui au

monsieur. Puis, elle se ventile un peu avec sa carte et dit :

— Mais comment s'y rendre ?

D'un geste de la main, le garçon répond :

— Suivez-moi, je vais vous montrer.

Grand-mère Bui approuve de la tête. Elle avait expliqué à grand-maman Madone d'aller au marché de Saigon, mais celle-ci n'avait retenu que le mot « marché ». Les deux femmes se fixent et partent à rire sans arrêt jusqu'à s'en essuyer les yeux. Moi, je pouffe de les voir et nous suivons l'interprète.

À la sortie du marché, il nous indique un poste où des minibus taxis sont alignés. Il nous explique : « Chaque matin, ces taxis partent pour le grand marché de Saigon et

reviennent tard en soirée. Si vous voulez partir demain matin, il vaut mieux prendre votre billet tout de suite. » Nous le remercions et le quittons pour aller acheter nos billets.

Chapitre 9

Soleil couchant

L'après-midi tire à sa fin quand nous sommes de retour à notre chambre d'hôtel. Grand-mère me dit :

— Je vais me reposer en prenant une bonne douche. Demain, nous avons une grosse journée devant nous. Le marché de Saigon, je ne peux me tromper cette fois-ci, hein ?

Elle s'amuse de son mauvais vietnamien et cela me fait du bien.

Après ce bon moment de détente, je me cale dans un fauteuil de rotin pendant que grand-maman va prendre sa douche. En sortant, elle me fait remarquer que l'eau ne manque pas ici. Chez mes grands-parents, l'installation fait souvent défaut. Cela m'encourage et j'en profite pour me doucher.

Puis, nous descendons souper sur la terrasse de l'hôtel. Par les observations de grand-maman, je constate que les longues soirées n'existent pas au Vietnam. Le soleil descend rapidement et c'est la noirceur complète.

En effet, le repas n'est pas encore terminé et il fait presque nuit. Quand nous montons à notre chambre, la lune est complètement ronde et d'une blancheur phosphorescente. Je m'accoude à la fenêtre devant cette merveille perchée haut dans le ciel et je rêve à Quoc. Puis nous allons dormir.

Chapitre 10

Courageuse grand-maman et super papa

Le lendemain, au lever du jour, nous avons juste le temps de déjeuner avant que le minibus vienne nous chercher. Il est déjà rempli de voyageurs. Nous nous entassons.

Au marché de Saigon, nous avons une idée fixe : le marchand de petits animaux. Nous le trouvons facilement, guidées par les piaillements de toutes sortes. Dès notre apparition devant les cages, je cherche notre singe en appelant : « Quoc !... Quoc !... Quoc ! » Les pauvres singes s'énervent et brassent leur cage de plus belle. Pendant ce temps, grand-maman essaie, en mélangeant son anglais avec son vietnamien, d'expliquer au vendeur que nous avons perdu notre petit singe. Le marchand, complètement éberlué, les yeux exorbités, pivote comme une girouette. Il s'énerve parce qu'il craint qu'on l'accuse d'avoir volé notre singe. Il hausse rapidement le ton. Il hurle quelque chose et se gratte la tête farouchement jusqu'à virer tous ses poux à l'envers.

Moi, je m'assure que Quoc n'est pas dans l'une ou l'autre des cages. Lorsque je reviens près de grand-maman, elle est rouge de colère et lance au marchand je ne sais trop quoi. Nerveux, le marchand nous fait de grands signes de partir. Grand-maman rouspète et lui montre de l'argent, ce qui a pour effet de le calmer. Il nous montre d'autres singes cachés derrière un mur. Mais Quoc n'y est pas.

Dépitées, nous marchons en silence vers la sortie.

Le soleil, déjà haut dans le ciel, projette une chaleur brulante. La sueur coule sur nos fronts. Assis sous le feuillage d'un arbre, les gens attendent l'heure du départ. Comme l'ombre est bonne !

L'air conditionné du minibus taxi nous rafraichit. Exténuée, ma chère grand-maman ne parle pas longtemps. Je la laisse se reposer. Moi, j'observe les champs de riz pour oublier ma peine et ma mauvaise humeur.

Il fait nuit quand nous rentrons à l'hôtel. Brulées de fatigue, nous nous couchons en silence. J'ai la bougeotte. À la fin, je glisse un : « Merci, grand-maman » à son oreille. Le sommeil finit par nous emporter. Après le déjeuner, nous rentrons chez mes grands-parents en taxi. Quand nous arrivons, Dao, la première, nous aperçoit. Elle appelle à grands cris. La famille au complet sort de la maison. Non, pas au complet. Charlotte n'y est pas. Soudain, le groupe s'ouvre et… quoi ?… qui ? Charlotte et Quoc, se tenant la main, viennent vers nous en gambadant ! Avant que j'aie le temps de réagir, Quoc d'un bond s'agrippe les jambes à ma taille et les bras à mes épaules. Des larmes inondent mes joues en même temps que je ris et flatte son poil doux frais lavé. Papa nous explique qu'après nous avoir laissées à l'hôtel, hier, il est allé au marché de Saigon. Quoc était en cage.

Il n'a pas discuté et l'a acheté. Maman complète et dit en français que papa, de peur de manquer son coup et de perdre la face, n'avait rien dit à personne de la famille ni à grand-maman Madone. Il ne pensait jamais que celle-ci aurait l'audace d'aller jusqu'à Saigon.

Je mets le singe par terre. Placée au milieu de Quoc et Charlotte, je leur donne la main. Grand-maman et moi, nous nous regardons dans les yeux, muettes et heureuses sur cette terre vietnamienne.

Table des matières